Kein Dad wie
jeder andere

Inhaltsverzeichnis

Kein Dad wie jeder andere

Was bisher geschah

Nae wuchs nach dem frühen Tod ihrer Eltern bei entfernten Verwandten auf, in deren Restaurant sie mithelfen musste. Kaoru Kiryu dagegen ist mit seinen jungen Jahren bereits ein bekannter Unternehmensberater und der Erbe des Firmenkonglomerats der Kiryu-Group. Obwohl die beiden aus völlig unterschiedlichen Welten stammen, hat Kaoru Nae auf Geheiß seines Großvaters, dem Präsidenten der Kiryu-Group, adoptiert – nun sind sie Vater und Tochter! Nach einem sehr holprigen Start wird das Band zwischen den beiden immer stärker, doch das Auftauchen von Naes Mitschüler Mirai sorgt für Spannungen. Mirai drückt Nae einen Kuss auf, als er sie nach einem Streit mit Kaoru aufhalten will ...

Die Charaktere

Kaoru Kiryu

Der Enkel des Präsidenten der Kiryu-Group ist ein hervorragender Unternehmensberater. Er ist selbstständig und sein eigener Chef. Ihm eilt der Ruf voraus, unerbittlich und kühl zu sein, doch in Nae ist er vernarrt.

Nae Kiryu

Ein ganz normales Mädchen, das von Kaoru adoptiert wurde. Sie ist aufgeschlossen und fühlt sich zu Kaoru als Papa hingezogen. Die Hausarbeit liegt ihr und es macht ihr täglich große Freude, für den hart arbeitenden Kaoru das Essen zuzubereiten.

Mirai

Der Halbitaliener ist nach seiner Rückkehr aus Italien in Naes Klasse gewechselt. Er ist ein Alleskönner und der Klassenliebling, doch es gibt eine Seite an ihm, die er vor seinen Mitschülern bislang verborgen hat.

Kapitel 4

Träum
ボケ〜〜…
W... Wo bin ich denn hier?
Ich müsste doch eigentlich zu Hause sein ...
Träum
ボケ〜
Vor der Tür hatte ich doch Herrn Kiryu getroffen ...
Ha!
ハッ

Wir hatten uns gestritten und ich bin weggelaufen ...
Aber was war dann ...?
Ich hab das Gefühl, ich will mich gar nicht erinnern.
Der Kuss!
!!!
Wus
War das etwa dein erster?!
Badumm
...!
Grins

War doch nur ein Begrüßungskuss! Du bist halt noch ein Kind!
Womp
Poff Poff Poff
Aua! Ich hab doch gesagt, es tut mir leid.
Na ...
... ihr zwei scheint euch ja blendend zu verstehen.
Das ist meine Mama.
Freut mich, Sie kennenzulernen, ich bin Nae Kiryu.
Sie wird heute bei uns übernachten.
Na dann ...
... fühl dich wie zu Hause, ja?
Jetzt fällt's mir wieder ein.
Mirai hat mich ja zu sich nach Hause mitgenommen.
Du kannst in diesem Zimmer übernachten.
Klick

Was guckst du denn so?!
Starr
Ich hab nur grade gedacht, dass ich dich eigentlich gar nicht kenne.
Mal hab ich gedacht, du wärst total gemein, dann wieder, dass du eigentlich ganz lieb bist, aber dann der Kuss ...
Wer bist du wirklich, Mirai?
Tapp Tapp
Klack

Aber ...
... ich habe jetzt verstanden, dass es nicht gelogen war von dir, als du gesagt hast ...
... dass du nur besorgt um mich warst.

Mirai, du bist so besorgt um mich, aber ich ...
Ich werde mich morgen bei ihm entschuldigen müssen ...
»Sie sind ja nicht mal mein richtiger Vater, Herr Kiryu!!!«
Schnipp
Aua!
Ach ja.
Dein »Papa« ist dir ja *so* wichtig!
Bamm
!

Vielen Dank fürs Heimbringen.
Komm bald mal wieder bei uns vorbei.
Ich muss zu ihm zurück.
Kriee
キィ
Er muss mir einfach verzeihen.
Alles wird gut.

Bestimmt wird es das.
Okay!
Ich bin wieder d...
Kachak

Herr Ki-ryu?
Da ich etwas Dringendes zu erledigen habe, bin ich schon früher los.
Drück

...e
Ha!
Nae!
Das geht jetzt nun schon seit einigen Tagen so mit dir.
Entschul-digung! Probieren wir's noch mal.
Nein, schon gut.
Es ist wegen der Sache mit dem jungen Herrn, nicht wahr?
!
Krampf
Seit jenem Tag habe ich ihn nicht mehr gese-hen.
Kann es sein, dass er mir aus dem Weg geht?
Aber irgend-wie fühle ich mich auch erleichtert ...

Wenn dich das so beschäftigt, wieso entschuldigst du dich dann nicht direkt beim jungen Herrn?
Oder bedeutet er dir überhaupt nichts?!
Doch! Er bedeutet mir sehr viel!
... weil es viel schmerzlicher wäre, wenn er mir ins Gesicht sagen würde, dass er mich hasst.
Er ist mein »Papa«, der mir lieb und teuer ist.
Schluck
...
Vielleicht ist es, wie Mirai gesagt hat.
Mir wäre jeder recht gewesen.
Sonst hätte ich doch so etwas Gemeines niemals zu ihm sagen können, oder?
Ich weiß es selbst nicht ...

Zack
Nicht schon wieder ...
Du kannst dir dein Spatzen-hirn noch so zermartern, du wirst kei-ne Lösung finden.
Also hör auf, dir unnötig Gedanken zu machen.
Versuch lieber, den Kopf frei zu kriegen und dich offen und ehrlich deinen Gefühlen zu stellen.

Den Kopf frei kriegen ...
Dreh
Ugh ...
Dreh
Mäp
Wah!
Mäp
Schreck
Was war das denn?!

Wieso bin ich nur immer so tollpatschig?
Kachak
パタン
Der Anzug von der Party ...
Damals bin ich auch gestolpert und habe mich schmutzig gemacht ...
... doch Herr Kiryu hat mich beschützt.
Herr Kiryu ist toll!
Er sieht gut aus, ist stark und ihm gelingt einfach alles.
Im Vergleich zu ihm bin ich ...

Huch? Das ist nicht ganz richtig ...
Herr Kiryu ist ...
Genau ...
Er hat, obwohl er gut aussieht und stark ist ...
... auch seine Schwächen.
Und trotzdem versucht er, mich zu beschützen.
Er gibt seine Schwächen vor niemandem zu, sondern macht sie mit sich alleine aus.
So ist er.

Wieso habe ich das nur vergessen?!
?!
Chaos
Wieso liegt seine Wäsche ...
... überall verstreut?
Er scheint echt im Stress zu sein.
Auf sich allein gestellt ist er wirklich hilflos.
Was mach ich hier eigentlich?
Ich hab mich doch schon entschieden, oder?
Dass ich Herrn Kiryu ...

... unter-
stützen will.

Einige Tage später
Chef!
Herr Kiryu!
カタ Klack
カタ Klack
カタ Klack
カタ Klack
Bitte gönnen Sie sich etwas Ruhe.
Sie soll-ten nicht die ganze Zeit durch-arbeiten.
Ihre Fa-milie macht sich bestimmt schon Sorgen um Sie, oder?

Bis ich das hier zu Ende recherchiert habe, muss ich weiter...
Nein.
Familie Ku
Stammbau
Hm? Ist dieses Mädchen etwa schon wieder hier?
Ja. Der Chef scheint einen Fan zu haben.
Obwohl sie einer der Wachmänner beim ersten Mal ziemlich unsanft vertrieben hat ...
... sitzt sie seither immer brav draußen und wartet.

Sie hat ein ziemlich großes Geschenk dabei.
Hm.
Und macht ein ziemlich ernstes Gesicht.
Aber heute wird sie bestimmt heimgehen.
Ja, vor allem bei dem Wetter.
ゴロ Groll ゴロ Groll
Öhö
Es ist ganz schön kalt geworden.
Aber ich warte noch ein bisschen.
Heute werde ich ihm doch wohl seine Wechselkleidung und seine Lunchbox übergeben können, oder?
Das hatte ich ganz vergessen.

Ich war so mit dieser »Papa«-Sache beschäftigt, dass ich das Wichtigste übersehen habe.
Öhö
Doch die Antwort ist ganz einfach.
Es hat nichts damit zu tun, ob wir Vater und Tochter sind.
Ich habe Herrn Kiryu um seiner selbst willen gern.
Und deshalb werde ich nicht länger unentschlossen sein.
Ich werde tun, was in meiner Macht steht.
Pschhaa
Uwah!
Es wird alles nass!
Huch?
Taumel

Wer ist das?
Diese Arme ...
ぱち Blinzel

Wo bin ich ... ?
Herr Kiryu ...
Du hast Fieber bekommen und bist umgekippt.
Erinnerst du dich nicht mehr?
Ah ...
Herr Kiryu hat mich gerettet.
Danke.

Ich hatte Angst ...
... dass ich dich wieder verletzen würde.
Deshalb bin ich auf Abstand gegangen.
Doch darüber, dass ich dir damit noch mehr Kummer bereitet habe ...
... bin ich ehrlich beschämt.

Streich
Mir geht es genauso.
Dass ich damals so gemeine Sachen gesagt habe, tut mir leid.
Der Gedanke, dass Sie mich hassen könnten, hat mir Angst gemacht. Und ich wusste einfach nicht, was ich tun sollte.
Doch aus der Distanz betrachtet habe ich etwas Wichtiges begriffen.

»Ich hab dich lieb ... ... ›Papa‹.«
Ich hab Sie lieb ...
... Kaoru.

Bitte seien Sie auch in Zukunft ... an meiner Seite.
Auch wenn unser Umfeld das vielleicht seltsam findet ...
... und auch wenn wir uns in Zukunft wieder streiten sollten ...
... trotzdem ...
スル
Sst
スー…
Zzz
ぱたん
Flomp
...

ドクッ
Badumm
ぎゅ
Krampf
ドクッ
Badumm
ドクッ
Badumm

Patt
Ja. Ich werde an deiner Seite sein.
Als dein »Papa«.
Anders können wir nicht zusammen sein.
Deine Bitte entspricht auch der meinen ...
... doch ...

Das Problem ist ...
... dass ich dir mitteilen müsste, wer *er* wirklich ist ...
コン Klopf
コン Klopf
♪
♪
ガチャ Klack
Entschuldigung.
Es ist Zeit für das Meeting, Präsident Kuze.

Verstanden, »Mama«!
Bitte nennen Sie mich nicht so!
Ich war sehr überrascht ...
... als Sie mich baten, so zu tun, als wären wir eine Familie.
Wenn ich das nicht tue, wird sie uns verdächtigen.
Sie sind sehr vorsichtig.
Keine Sorge.
Wenn wir *diese* Information durchsickern lassen, können wir Herrn Kiryu und seine Tochter mit einem Schlag vernichten.

Zadomm
Rums
Sorry, mir ist der Fuß ausge-rutscht!
Ich bin der Einzige, der die beiden verletzen darf.
Wenn Sie sich einmischen, werde ich Ihnen das nie ver-zeihen!
V... Verstan-den!
Über-lassen Sie mir die Sache.

Ich werde alles daran setzen, Kaoru Kiryu alles zu entreißen!
Und natürlich auch diesen »Hund«!
Mach dich auf was gefasst, »Papa Kaoru«!

Kein Dad
wie jeder
andere
Haf
Haf

Kein Dad ...
Zieh
... wie jeder ...
... andere

Kapitel 5

Kein Dad wie jeder andere

ザワ
Lärm
ザワ
Lärm
コツ
Klack
チャ
Zupp
Wie mag es Kaoru wohl gehen?
チュン
Tschilp
チュン
Tschilp

Kaoru, möchten Sie noch etwas Kaffee?
Seit meiner Erkältung ist eine Woche vergangen.
Sehr gern.
Doch jetzt ist der normale Alltag wieder eingekehrt.
Ich bin froh, wieder den Haushalt machen zu können und dass wir uns ...
... versöhnt haben.
Pscha
コポポ
Aber irgendetwas hat sich verändert.
Kuze-Group festigt Marktposition

Oh.
Puh
Sie haben da was.
Pick
?!!
Domp
Kick

Denn …
Stech
Nae!!
Zuck
Du bist ein Mädchen!
Halt dich ein bisschen zurück!
… Kaoru ist seitdem irgendwie komisch.
Zurückhalten … ?!
Genau. Mich so zu berühren wie eben, das meine ich!
Aber das mache ich doch nur bei Ihnen!
…!!
Beb
Beb
Ding
Dong
Er muss erschöpft sein.
?

Kachak
Raschel
Uh.
Buon Giorno!
(Guten Morgen!)
Was machst du denn hier, Mirai?
Ich bin auf einen Sprung vorbeige-kommen.
Du hast doch kein Fieber mehr, oder?
Pamm

!
Das geht nicht. Raus mit dir!
Swusch
Swusch
Er hat unseren Kuss beobachtet.
Oh, das ist also dein Vater?!
Unbeeindruckt
Schreck
Ja.
Du standst mit dem Rücken zu mir.

Ich fürchte, meine Tochter hat in solchen Dingen wenig Erfahrung.
Bitte versuch dein Glück also woanders!
Lächel
Hä? Schon schräg, wenn sich Eltern in die Herzensangelegenheiten ihrer Kinder einmischen!
Lächel
?
Nae.
Schauder
Geh bitte rein.
Ich hab was mit ihm zu besprechen.
...? Okay.
Für jemanden, der so cool und berühmt ist ...
... sind Sie echt witzig!
Ke he he!
Ke he
Patam

Ich weiß Bescheid.
Du bist Mirai Argento ... nein ...
Mirai Kuze.
Du bist der uneheliche Sohn des Erben der Kuze-Group, der aus einer Affäre mit einer Italienerin entstanden ist.
Viele Jahre lang befand sich die Kuze-Group auf dem absteigenden Ast, doch seit fähige Manager eingekauft und nach Japan geholt wurden ...
... hat das Unternehmen nach und nach rivalisierende Unternehmen geschluckt.
Sie sind ...
... wirklich gut informiert.

Ich frage mich, ob ich *ihr* das verraten sollte.
Allerdings möchte ich sie durch so was nicht verletzen.
Du hast dich ihr doch nur genähert, weil du nach einer Schwachstelle in der Familie Kiryu suchst.
Wenn sie wüsste, dass du sie nur benutzt hast ...
He ...
Also das hätte ich von Ihnen nicht erwartet.
Ihre Nachsichtigkeit wird Sie noch teuer zu stehen kommen!
Ich werde deine Pläne durchkreuzen!

Ich wer-
de die Familie
Kiryu und Nae
beschützen.
Wollen
Sie das
...
... als
»Papa«
tun?
Ist
sonst noch
was?
Bamm
Ha!
Verstehe.

Klick
Ich bin's.
Wir machen weiter wie geplant.
Klick
Verbindung getrennt
Wenn er so denkt ...
... werde ich ihm nie vergeben.
Bamm
Yoshida Electronics hat die Zu-sammenarbeit eingestellt?!

Wie's aussieht, wird Yoshida Electronics in Zukunft mit der Kuze-Group kooperieren.
Aber ...
... wir waren gerade dabei, mit ihnen zusammen einen Entwicklungsplan für das neue System auszuarbeiten.
Verdammt! Die müssen sich irgendwann heimlich zusammengeschlossen haben.
Offenbar hat sich die Kuze-Group auch an andere Geschäftspartner von uns herangemacht.
Wir brauchen sofortige Gegenmaßnahmen!
So eine Bagatelle kann doch der Kiryu-Group nichts anhaben, oder?
Es gibt schließlich kaum Firmen, die sich uns widersetzen!
Das war diesmal doch nur purer Zufall.
Ha ha!
Verlier doch nicht gleich den Kopf, Kaoru.
Du bist so naiv!
Halt bitte den Mund!

Seit wann zählst du dich denn zur Managementebene?
Auch wenn du der Enkel des Präsidenten bist, lasse ich mir von dir nicht den Mund verbieten!
Es tut mir leid.
Krampf
Wie dem auch sei, ich bin als Berater hierhergekommen.
Hier habe ich die Erhebung zur aktuellen Lage.
Kachak
Die Kuze-Group hat das Handelsunternehmen Kasugano aufgekauft.
Obwohl die Firma Kasugano seit jeher Geschäftsbeziehungen zur Kiryu-Group pflegte …
Tapp
Tapp
Ich bin wieder da!
Du bist ja noch wach?!

Wank
!
Kaoru
...
Patt
しゃ

Geh schla-fen!
Gute Nacht.
Patam
Wie's aus-sieht, scheint es schlecht um die Kiryu-Group bestellt zu sein.
Ah!
Ja. Das Management scheint auf die Familie herabzu-sehen.
Und das hat offenbar das gesamte Umfeld satt und zieht sich zurück.
Selbst wenn Kaoru Kiryu sein Bestes gibt, gegen das Ma-nagement kann er sich nicht stellen.

Ich hatte ja keine Ahnung ...
So ist das also.
Mit dir über so was zu reden ist völlig zwecklos.
Direkt
Stichel
Apropos, wieso weißt du eigentlich so genau darüber Bescheid?
Die Kartoffel ist megalecker!
Mampf
Mampf
Das ist meine Lunchbox!
Mirai ist mir echt ein Rätsel.
Aber er scheint auf der Hut zu sein.
Hör mal, mach dir keine Sorgen.
Sollte die Kiryu-Group bankrottgehen, werde ich einfach dein »Daddy«.
Patt
Patt
Hab also keine Angst, du wirst schon nicht als Bettlerin auf der Straße landen.
Ha ha ha!
So was würde ich doch nie tun.
Außerdem, was heißt es eigentlich, Papa zu sein?!
Schüttel
Schüttel
Na ja ...

Als Familie ist man immer zusammen, oder?
Bedeutet das etwa, dass er dich wie seinen Lakaien behandelt?
Oder interpretiere ich das vielleicht falsch?
Aber selbst wenn andere dabei sind ...
... schwirrt ihr immer umeinander herum.
Nein.
Wir sind ...
... nicht nur deshalb zusammen ...
... weil wir eine »Familie« sind.

»Du liebst ihn nur, weil er bereit war, dein Papa zu sein, stimmt's?«
Seit du das zu mir gesagt hast, habe ich viel darüber nachgedacht ...
... ob mir Kaoru nur wichtig ist, weil er mein »Papa« ist.
Doch mir ist etwas klar geworden, und zwar ...
... dass ich ihn um seiner selbst willen mag.
Deshalb möchte ich an seiner Seite sein.
Und das hat nichts damit zu tun, ob er Familie oder ein Fremder ist.
Du irrst dich.
Darauf kommt es nämlich ...
... doch an!

Obwohl wir eine Familie waren ...
... hat er mich einfach verlassen.
»Papa!«
Bamm
Was glaubst du, wer du bist?
Ich kann mich nicht erinnern, dich anerkannt zu haben.
Fass mich nicht einfach an, als wärst du mein Sohn!

Du bist nicht allein.
Ich bin mit dir verbunden, Mirai.
Auch wenn wir nicht verwandt sind, bin ich dir doch nah.
Ich verbringe total gern Zeit mit dir.
Auch wenn du manchmal ziemlich fies sein kannst.
Du führst die Leute gern an der Nase rum ...
... und außerdem ...
Hm ...

ぎゅ
Klomp
Uwaah!
Was ist denn jetzt?!
Klappe!
Du bist nur ein Hündchen!
Flatter
Was soll das denn?
Kiryu-Group
Reform der Unterne

Wir sollen nachforschen, ob unsere Geschäftspartner zufrieden waren oder nicht? Das ist doch lächerlich.
Das Verhalten unserer Partner ist frech und anmaßend.
Euer verbohrter Stolz wird die Kiryu-Group noch zugrunde richten!
Eine Unternehmensgruppe, die das Vertrauen ihrer Partner verliert, ist nicht überlebensfähig!
Das müsst ihr doch verstehen.
Ha! Vertrauen!
Du bist wie dein Großvater, der Präsident!
Rums
Bamm
So zu denken ist doch völlig antiquiert!
Diese Haltung dient doch nur der Familie Kiryu selbst.
...
Verdammt!
Knirsch
Was bin ich nur für ein Unternehmensberater?!
Was bin ich nur für ein Nachfolger?!

Dabei habe ich doch geschworen, sie zu beschützen!
Ich bin ...
Klack
Hi hi ...
Was runzelst du denn so die Stirn?
...!
Uff!
SUPERMARKT

Uff!
Ich bin wieder daha!
»Mit dir über so was zu reden ist völlig zwecklos.«
Mirai hat schon recht, ich bin echt zu nichts nütze.
Aber zumindest kann ich ihm sein Lieblingsessen zubereiten, sodass es ihm dadurch wenigstens ein bisschen besser geht.
Okay.
ガチャ
Poff
Huch.
Willkommen zu Hause.

ポ〜
Starr
Ha!
Ich hab mich in der Tür geirrt.
Warte mal, Nae.
Hä?
Ist Nae zu Hause?
Nett, dich kennenzulernen. Ich bin Maria Kiryu.
KIRYU MEDIA
Externe Direktorin
Maria Kiryu

Ich bin eine Verwandte von Kaoru und seine Sandkastenfreundin.
Ich habe für einen Sitz der Kiryu-Group im Ausland gearbeitet.
Sie ist wunderschön.
Ich muss sagen, ich war ziemlich überrascht ...
... dass du der Vater von so einem süßen Mädchen geworden bist.
Ich bin derjenige hier, der überrascht ist.
Einfach so zurückzukommen, ohne dich vorher zu melden ...
Wie bitte?! Dabei war es doch so nett von mir, zurückzukommen, um euch zu helfen.
Es tut mir leid, Nae. Mit ihm zusammenzuwohnen muss echt schwer sein, oder?
Gar nicht.
Krampf

Nae, ich möchte heute etwas mit dir besprechen.
Um ehrlich zu sein ...
Maria ...
Badumm
... lass mich es ihr sagen.
...?
Okay.
Ich werde dann mal aufbrechen.
Bis bald.
Lasst uns bald mal zu dritt was essen.
Gern.
Gute Nacht.
Patam
Nae ...

... wollen wir einen Spaziergang machen?
Quiee
Uwah ...

Wie schön.
Jetzt siehst du aus wie immer.
Hä?
Ging es dir vorhin nicht gut?
Die Situation war schon seltsam.
Ähm.
Es tut mir leid.
Ich habe mich Maria gegenüber unhöflich verhalten.
Wenn man jemand Neues kennenlernt, ist man nun mal angespannt.
Mach dir nichts draus.
Ja.
Ich war wohl angespannt.
Ich bin nicht mehr so betrübt wie vorhin.

Weil ich jetzt mit Kaoru allein bin.
Wir waren schon lange nicht mehr zu zweit unterwegs.
Ja.
Es ist wie damals im Vergnügungspark.
Wenn ich mit Kaoru Zeit verbringe, habe ich immer dieses warme Gefühl ...
... friedlich und geborgen.

ドキ
Badumm

Badumm
Badumm
Huch?
Was hat das zu bedeuten?
Schluck
Nae.

Ich werde …
… Maria heiraten.

Wie ... ?!

Kein Dad
wie jeder
andere
Todernst

Kein Dad wie ...
... jeder andere

Kapitel 6
Mathematik
Mathematik I

»Ich werde Maria heiraten.«
Ich wollte mit dir al-lein darüber sprechen.
Maria hat Einfluss auf unsere ausländischen Geschäfts-partner.
Wir hoffen, dass wir durch ihre Kontakte dem Vormarsch der Kuze-Group Einhalt gebie-ten können.

Außerdem gehört ihr Vater zur Managementebene der Kiryu-Group.
Als sein künftiger Schwiegersohn werde ich meine Meinung besser durchsetzen können ...
... und in der Lage sein, die Kiryu-Group zu verändern.
Das ist die beste Methode.
Ich muss jetzt irgendwas sagen ...
Irgendwas ...
Nae?
Genau.

»Nae Kiryu« ist die Tochter von »Kaoru Kiryu«.
Und deshalb sage ich ...
Herzlichen ...
... Glückwunsch!

Vielen Dank.
Tschilp
チュン
Tschilp
チュン
Müde ...
Ich habe kein Auge zugekriegt ...
Nae ...

Strahl
Maria!
Tada!
Diese prächtigen Kleider passen gut zu Kaoru und seinem Stil.
Raschel
Stapel
Entschuldige, dass ich dich einfach so mitgeschleift habe.
Such dir bitte was aus.
Swisch
Das steht dir super.
Jetzt siehst du wie eine Frau aus.

?!
わたわた
ZUPP ZUPP
So edle Kleider kann ich nicht annehmen.
Nicht so bescheiden.
Ah …
Ich werde schließlich schon bald deine Mutter sein.
Ich bin etwas spät dran damit, aber …
… herzlichen Glückwunsch!
Hi hi
Du weißt also Bescheid? Über diese strategische Hochzeit.
Also …
Schon gut. Ich sag doch nur, wie's ist!

Der Vorschlag kam schließlich von mir.
Ich habe damals gesagt, dass das für die Kiryu-Group das Beste wäre.
Kaoru und Maria wollen beide dasselbe beschützen.
Und aus diesem Grund heiraten sie.
Aber ...
... kann man das so einfach voneinander trennen?
Na, aber das allein ist es nicht ...
?
Sag's nicht weiter ...
... ich bin in Kaoru verliebt.

Weil ich an seiner Seite sein wollte, habe ich mich stets angestrengt …
… doch er hat mich immer nur als seine Sandkastenfreundin gesehen.
Aber irgendwann werde ich ihn schon auf mich aufmerksam machen!
Wirst du mich dabei unterstützen, Nae?
Ja.
Also warum …
Sie ist wirklich …
… eine tolle Frau.
… fühle ich mich trotzdem …

...
Drr Drr Drr
...
Klapp
Anrufliste
10:33 Kaoru
10:30 Kaoru
10:28 Kaoru
Wo wart ihr?
Was bist du denn für ein strenger Vater?!
Klappe!
Ich hab mir eben Sorgen gemacht.
Wir haben uns nur getroffen, um etwas Wichtiges zu regeln.
Etwas Wichtiges?
Genau.

Wegen des Umzugs in das neue Haus hier in der Nähe.
Da gibt es noch viel vorzubereiten ... Anfang nächsten Monats ist es doch schon so weit.
Was soll denn das plötzlich?
Na, wir heiraten, da ist das ja wohl normal, oder?
Außerdem ...
... hatte ich mir überlegt, für Nae eine neue Bleibe zu arrangieren.
Du ...
Im Haus eines frischverheirateten Ehepaars hat ein pubertierendes Mädchen ja wohl nichts verloren!
Außerdem ...
Funkel

Überlass die Sache mit Kaoru mir.
Ja?
Flüster
Findest du nicht, dass es für eine Schülerin, die sich gern amüsieren möchte, total traurig ist, wenn sie sich die ganze Zeit um den Haushalt kümmern muss?
Du solltest ihr mehr Freiheiten gewähren!
»Wirst du mich dabei unterstützen?«
Ah ...
Nick
Nae ...
Oh, jetzt hätt ich's fast vergessen.
Ich bringe gleich den Tee.
Maria! Das geht dich überhaupt nichts an!!
Das geht nur mich als Naes Vater etwas an!

Das tue ich nur für sie.
Hä ...?
Aber vermutlich ...
... ist dir das überhaupt nicht bewusst.
Nae ist nämlich in dich verliebt.
Wenn das so weitergeht, wird das auf jeden Fall sehr schmerzhaft für sie enden.
Hah ...

Nae soll in mich verliebt sein?
Das ist völlig unmöglich!
Dass sie sich mir zugewandt hat ...
... liegt doch nur daran ...
... dass wir eine Familie sind.
Und selbst wenn, es ist doch schon seltsam, mit einem so jungen Vater zusammenzuleben.
Da wäre es doch besser, auf Abstand zu gehen, bevor ein Unglück passiert.
...
Stimmst du mir zu?
Gut! Dann können wir ja jetzt zum Wesenlichen kommen.
Hier.
22.11. 14:00 Uhr
Kiryu-Hotel

Also, sobald mein Vater mit dir gesprochen hat, wird unsere Verlobung vor allen offiziell bekannt gegeben.
Das Datum und der Ort stehen auf dem Zettel.
Bitte halte dir den Termin frei.
Ich muss wohl ...
... auf Abstand gehen ...
... bevor ich einen Fehler begehe.
Dieses Gefühl darf nicht stärker werden.
Tock

Gut.
Und als Nächstes ...
Seit der Umzug beschlossen wurde, habe ich jeden Tag viel zu tun.
Ich hatte kaum Gelegenheit, mit Kaoru zu sprechen.
Alles wird gut.
Poff

Das ist das Natürlichste auf der Welt.
Ich darf nicht zwischen ihnen stehen.
Und ich darf auf keinen Fall deshalb traurig sein.
Denn ich habe auch so viele schöne Erinnerungen.
Und trotzdem kann ich wohl nicht mehr zurück ...
Wir sind spät dran.

11 2013 November
Bis zum Umzug ist es nicht mehr lange hin.
Kommst du mit dem Packen voran?
Ja.
Ist es wirklich okay, dass du das ganz allein machst?
Ja.
Du bist einfach zu verständnisvoll.
Es wäre besser, du würdest öfter sagen, was du möchtest.
Puh
Zuck

Ähm ...
Könnten Sie morgen vielleicht etwas früher nach Hause kommen?
Ich weiß, dass Sie sehr beschäftigt sind ...
... aber könnten Sie sich etwas Zeit für mich nehmen, Kaoru?
Bitte.
Ja.
Verste...

22.11. 14:00 Uhr
Kiryu-Hotel
Äh, es tut mir leid ...
... aber morgen ...
Ich versteh schon.
Tut mir leid, das war etwas kurzfristig.
パタン
Patam

Am nächsten T
Hallo, Kaoru? Wo steckst du?
Lärm ザワ ザワ Lärm
Es sind schon alle versammelt.
Hörst du mir zu?
Ja.
Wusst ich's doch!
Du hast dich echt verändert!
Kaoru?!
Diese Zeit ist für die Kiryu-Group besonders wichtig.
Zuck

Es ist deine Pflicht als Vater, eine angemessene Distanz zu ihr zu wahren.
Und außer-dem … ich ver-steh ja, dass die Kleine ganz süß ist, aber ihr steht euch einfach zu nah.
Du hast ja recht.
Ich bin gleich da.
Bis später.
Klick
Es ist besser so.
Es ist …
Klonk

Für Kaoru ...
Mäp
Mäp
Maäp
Mäp
Mäp
Mäp

»Lieber Kaoru ...
... vielen Dank für Ihre harte Arbeit.
Bitte entschuldigen Sie, dass ich Sie gestern Abend behelligt habe.
Bevor sich unsere Wege trennen, wollte ich noch etwas Zeit mit Ihnen verbringen ...
... und Ihnen diese selbst gestrickten Handschuhe überreichen.

Es ist noch etwas zu früh dafür, aber ich würde mich freuen, wenn Sie sie tragen.
Vielen Dank, dass Sie sich bisher so gut um mich gekümmert haben.
Diese Handschuhe reichen nicht, um meine Dankbarkeit ...
... für alles, was Sie mir gegeben haben, auszudrücken.
Bitte passen Sie in Zukunft gut auf sich auf ...
Bamm
Die Zeit, die ich mit Ihnen verbringen durfte, ist mein größter Schatz.
... und werden Sie glücklich.«

Hah!
Bin ich zu spät?
Hah!
A... Also, das ist nur ...
Ich dachte, falls Sie es vielleicht doch früher schaffen ...
Ka...
Ah!

Drück
Au!
Kaoru!
Sie tun mir weh.
Drr Drr Drr Drr Drr Drr
Ähm ...
... Ihr Handy ...
Sei still!

ギュ
Krall
ハッ
Ha!
ス
Sst
Es tut mir leid.

Flatter
Flomp
Warten Sie!
Stopp!
Und was nun?
Das ist doch völlig unmöglich.
Schließlich ist er mein Vater.
Und dann ist da noch Maria.

Und trotzdem bin ich ...
... in Kaoru ver...
Duut ...
プルルル…
Rufaufbau
Kaoru
プルルル…
Duut ...
Kaoru ist spät dran, oder?
ザワ
Lärm
ザワ
Lärm
Ob ihm etwas passiert ist?
Hast du gar nichts von ihm gehört, Maria?

Kein Dad wie jeder ...
... andere

Happs
Kein Dad wie jeder andere

»Vater, morgen ist Kaorus Geburtstag.«
Kapitel 7
»Da wich Geschäfts handlung anstehe habe ich
... für so etwas keine Zeit.«
»Bitte, nur kurz.«
»Aber der Junge ...«
Ist alles okay mit Ihnen?!

Kapitel 7

...
Wo bin ich ...?
Puh!
Ein Glück!
Wie geht es Ihnen?
Ich müsste doch bei der Geschäftsverhandlung sein ...
Ah ...
Verstehe ...
Ich hatte auf dem Weg dorthin einen Anfall und bin zusammengebrochen ...

Oh, ich habe Ihnen wohl ...
... Umstände bereitet.
Ich heiße Kyoichiro Hozumi und ...
... das ist meine Frau Shiori.
Erholen Sie sich gut.
Wir werden in unseren Laden zurückgehen.
Wieso haben die beiden einen alten Mann wie mich hierhergebracht?
Patam
...?

Zum 80. Geburtstag wünschen wir dem Präsidenten der Kiryu-Group und dem Vorstandsvorsitzenden von Kiryu Electronics alles Gute!
Verstehe.
Selbst wenn sie absurde Forderungen stellen würden, hätten sie keine Chance gegen mich.
Es gibt wohl niemanden auf dieser Welt, der nicht an seinen eigenen Vorteil denkt.
Jeder hat nur seine eigenen Interessen im Kopf.
Das ist die Logik.
Klick
Ich bin's.
Schicken Sie den Wagen.

Wohin bitte?
Rausch

Tschilp
Tschilp
Tschilp
Oh.
Sie sind wiederge-kommen?
Klapper
Also dann, was darf ...
... ich Ihnen bringen?

カラン
Ding
カラン
Dong
...
Vielen Dank für neulich.
Schon gut.
Sie hätten Ihre Tüten doch unmöglich allein tragen können.

Tock
Dürfte ich Ihnen dieses Stück Torte anbieten?
Warum?

?
Nein danke.
Sie sind wirklich zu jedem freundlich.
Für einen so jungen Menschen ist das großartig.
Ich verstehe das nicht ...
Aber nicht doch.
Das tun wir auch in unserem eigenen Interesse.
Wie?
Wir haben dieses Café erst kürzlich eröffnet.

Was möchte er damit sagen?
Ich liebe lächelnde Gesichter.
Und zwar die lächelnden Gesichter unserer Besucher, wenn sie ...
... bei einer Tasse Kaffee ungezwungen plaudernd die Aussicht genießen ...
... bevor sie wieder nach Hause gehen.
Nichts macht mich glücklicher, als das zu sehen.
Seine Motive sind dieselben – und doch anders.

Er denkt zwar an sich ...
... aber das ist es nicht allein.
Mit seinem Geschäft will er andere glücklich machen.
Raschel
Raschel
Raschel
Der Duft der Bäume weht herüber ...
Lächel
... und es ist, als würde das Herz reingewaschen.

Kaoru* ...
* Bedeutet »duften«.
Der Name für ein Kind, das so werden wird wie ein reiner Duft ...
... Kaoru.
So heißt mein Enkel.
»Vater.«
Das ist ein schöner Name.
»Bitte, nur kurz.«
Ja.
»Aber der Junge ...«

... liebt dich über alles.«
Total süß ...
Sollten wir irgendwann mal ein Kind haben, soll es einen ähnlichen Namen wie Kaoru bekommen.
Verstehe ... Wie wäre es denn mit Nae? Ein Name für ein Kind ...
... das unbefangen und offenherzig sein wird*.
* Nae bedeutet »Setzling«.

Vielen Dank.
カタン
Patt
Ah!
Ich muss langsam los ...
Leider ...
Klick
Ich bin's.
Die Verhandlungen müssen schnell abgeschlossen werden.
Puh
Heute ist schließlich Kaorus Geburtstag ...
... und ich muss noch ein Geschenk besorgen.

Ich bin ihnen nur bei dieser einen Gelegenheit begegnet ...
... doch diese Begegnung war für mich etwas ganz Besonderes.
Mit Frau Hozumi habe ich zwar auch danach noch Briefe ausgetauscht ...
... doch nach dem Unfalltod von Kaorus Eltern brach der Kontakt ab. Seitdem habe ich nichts mehr gehört.
Und so wurde die Begegnung mit den beiden irgendwann unbemerkt zu einer Erinnerung an die gute alte Zeit.
Zu dieser Zeit ...
Klapper
Klapper
Hast du den Artikel schon gelesen, Kaoru?
Kaoru Kiryu

Allmählich spielst du eine immer wichtigere Rolle.
Nicht wirklich.
In dem Rahmen ist das doch normal.
Wie wär's mal mit einer kleinen Erholungsreise?
Nein danke.
Als Erbe der Familie Kiryu muss ich schnell zum Mann heranreifen ...
... und kann es mir nicht leisten, mit so etwas meine Zeit zu verplempern.
Also dann, ich habe noch viel Arbeit auf dem Tisch.
Patam
In jenem Moment ...

... erinnerte ich mich an die beiden.
Dieser friedliche Ort, der bestimmt unverändert sein würde.
Ihr Café wird ja wohl noch am selben Ort sein, oder?
Zu verkaufen
Hä ...?
Was ist denn hier passiert?
Mit diesem Café? Das gibt es nicht mehr.
Die Betreiber sind leider beide verstorben.
Sie wollten einem am Gleis gestürzten alten Mann helfen, als es passierte.
Es ist wirklich traurig.

»Im Nachbarort sollen Verwandte der beiden leben, vielleicht können Sie dort mehr erfahren.«
Ich fühlte mich, als wäre ich in einem Traum.
Es fühlte sich an wie damals, als ich meinen Sohn und seine Frau verloren habe.
Warum?
Ich habe mit den beiden doch nur einen kurzen Augenblick verbracht.
ズキ
Schmerz
Ich werde sie nie wiedersehen können.
Nie mehr ihr Lächeln sehen ...
... oder ihre Stimmen hören können.
ズキ
Schmerz
Wieder habe ich etwas verloren ...
Schmerz
Auch wenn die Zeit vergeht, wird der Schmerz wohl unverändert bleiben.

Ist alles in Ordnung mit Ihnen?
Fuchtel
おた
Fuchtel
おた
Fuchtel
おた
Ich rufe einen Krankenwagen.
Ihr Handy bitte.
Sie hat keins.
Alles okay. Das sind nur leichte, chronische Beschwerden.
Lächel
ほ
Zum Glück!
Können Sie aufstehen?

Starr
?
Ah, Entschuldigung.
Du ähnelst nur jemandem, den ich kenne.
Schon gut.
Wenn die beiden ein Kind gehabt hätten, wäre es bestimmt wie dieses Mädchen ...
Vielen Dank, junge Dame.
Wie heißt du denn?
Nae.
Ich heiße Nae Hozumi.
Geschrieben mit dem Zeichen für »Setzling«.

Du ...
Nae!!
Zuck
Nae.
Wo treibst du dich bloß rum?
Du wirst im Laden gebraucht!
Entschuldigung.
Ich muss jetzt zurück.
Ich arbeite in dem Lokal dort. Bitte kommen Sie jederzeit gern auf einen Sprung vorbei.

Da das Ehepaar Hozumi keine Geschwister hatte ...
... war seine einzige Tochter Nae bei entfernten Verwandten untergekommen.
Doch der Ruf dieses Ehepaars war sehr schlecht.
Und sie behandelten auch Nae nicht gut.
Ich wollte dafür sorgen, dass sie ein glückliches Leben führen kann ...
... doch sich in die Angelegenheiten anderer Leute einzumischen gehört sich nicht.
Wie wäre es ...

Doch ich weiß ...
... dass die Blüte einer einzigen Blume einen Menschen verändern kann.
Er ist jetzt wie ich, bevor ich dem Ehepaar Hozumi begegnet bin.
Es wäre doch schön, wenn durch diese Begegnung eine Blüte erblühen würde.
ionsantra
Träume ich ...
Kachak

Großvater ...
... sind Sie wieder auf den Beinen?
Nae.
Bist du für einen Krankenbesuch vorbeigekommen?
Bitte entschuldige wegen neulich.
Schon gut. Ich bin nur froh, dass es Ihnen wieder gut geht.
Ist Kaoru nicht mit dir gekommen?
Zuck
Er ist ein eiskalter Klotz.
Wedel
Wedel
Nicht doch. Ich bin doch einfach nur so vorbeigekommen.
Nae, du bist wirklich ein ehrliches und gutes Mädchen.

...
leid.
?
Nichts.
Ich werde dann jetzt gehen.
Verbeug
Patam
...
Ratter
Ratter
Es tut mir leid, Großvater.
Ich bin alles andere als ein gutes Mädchen.
Ratter
Ratter
Ehrlich gesagt bin nur auf einen Krankenbesuch vorbeigekommen, weil es schrecklich ist, nach Hause zu gehen.
Das ist so mies von mir.
Das gestern lässt mich einfach nicht mehr los.

Er hat mich ... geküsst?!
Was wollte Herr Kaoru nur damit bezwecken?
Ich verstehe das nicht.
Aber irgendwie habe ich darauf gehofft.
Vielleicht ist er ja doch ein bisschen in mich verliebt ...
Und selbst wenn nicht ...
... ändert das nichts ...

Schüttel
プル
... an meinen Gefühlen.
Schon bald werde ich sein Haus verlassen und Herr Kaoru wird heiraten.
Und dann wird auch diese Unsicherheit verschwinden.
Ich werde es schaffen ...
... dieses Gefühl aus-zulöschen.

Hä?!
Und deshalb …
… ist der Umzug abgeblasen!
Wieso?!
Maria hat gesagt: »Es tut mir leid, dass ich nicht an deine Gefühle gedacht habe.«
Sie macht immer viel Lärm um nichts.
Das ganze Hin und Her tut mir leid.
Bis auf Weiteres bleibt alles beim Alten.
Also …

Und was jetzt?! Ich weiß nicht, wie ich ihm ins Gesicht sehen soll!
Zitter Zitter
Was hast du denn?
Aber das ges-tern ...
Ha!
Verda...
Gestern?

Nichts ...
Patt
Schon gut.
Wir sind eine Familie.

Also, ich schät-ze ...
... ab sofort ist ...
... bis zur Hoch-zeit ...
... wieder alles, wie es war ...
パタン
Patam
... oder?
Ha ha ha!
Ach herrje ...
... ist mir das pein-lich.
Ich sollte jetzt schlafen.
ガチャ
Kachak

Aber ich bin erleich-tert!
Flapp
Absolut.
Genau.
Es ist alles beim Alten.
Und darü-ber, dass es so bleibt ...
... bin ich echt glücklich.
Wir haben nicht mehr viel Zeit ...
... aber bis dahin darf ich als seine Toch-ter an seiner Seite sein.
Und das genügt mir.

Aus diesem Grund ...
... werde ich meine Gefühle für ihn nicht aufblühen lassen ...
... und sie ganz und gar auslöschen.
Weiter geht's in Band 3

Kein Dad ...
... wie jeder ...
... andere
Bedräng

Kein Dad
wie jeder
andere
Öhö
Öhö

Schepper
Bonusmanga Kapitel 4.5
Ah!
Was machst du denn da?
Bitte entschuldigen Sie das Missgeschick.
Verzeihung.
Schon gut, kein Problem.
Aber ist mit dir alles okay, Nae? Du bist ganz ...
Hah!

Das ist nichts.
Es war einfach in letzter Zeit ein bisschen stressig, aber sobald es sich beruhigt, wird das schon wieder.
Bamm
Stimmt's?
Ja.
Alles okay.
Ich gehe mich umziehen.
Beeil dich gefälligst!
Hier kommt Ihr Reisgericht mit Huhn und Ei.
Patam

Genau.
Hah!
Es ist alles gut.
Mir geht's gut ...

...
Wusch
?!
Schreck

ガシャーン Schepper
ガンガラ Klonk Klonk
ガラガラ Klonk Klonk
Was ist das?
ガチャ Kachak
Was ...
... zum ...
Zöger
Kaoru?!

わた
Wedel
わた
Wedel
W... Was machst du denn hier?
Ab ins Bett!
Nein.
Und was machen Sie hier, Kaoru?
ごちゃ～
Stapel
プス
Brodel
プス
Brodel
Äh ...
Also ...
... ich wollte dir etwas leicht Bekömmliches kochen.

Ich habe nach deinen Vorgaben gekocht.
Irgendwie ist es nicht sehr lecker geworden.
Ich versuche es gerade zu korrigieren ...
ぱく Happs
Uwaaah!
Nicht!!
Vorsicht!!
Isch dasch lecker.
ブン Schüttel
ブン Schüttel
Lüg mich nicht an! Du verziehst das Gesicht!
Kaoru ...

Ich bin ...
... so glücklich.
Beim Kochen ist die Hitze das Entscheidende ...
Ende

Hallo, hier ist Chojin. Vielen Dank, dass ihr Band 2 von Kein Dad wie jeder andere in den Händen haltet! Das Auftauchen des neuen Charakters sorgt im Umfeld der beiden für ganz schön viel Wirbel. Ich würde mich freuen, wenn ihr ein bisschen Spaß beim Lesen der Story hattet.
Ich freue mich darauf, euch in Band 3 wiederzusehen.

März 2014 / Chojin

altraverse

Deutsche Ausgabe / German Edition
Altraverse GmbH – Hamburg 2018
Aus dem Japanischen von Elke Benesch

FUTSUTSUKANA OYAKODEWA ARIMASUGA VOL. 2

First published in Japan in 2014 by KADOKAWA CORPORATION, Tokyo.
German translation rights arranged with KADOKAWA CORPORATION, Tokyo,
through TUTTLE-MORI AGENCY, INC., Tokyo.

Redaktion: Katrin Aust
Herstellung: Nils Bornemann
Lettering: Vibrant Publishing Studio

Druck: CPI books GmbH, Leck
Printed in Germany

MIX
Papier
FSC FSC® C083411

ISBN 978-3-96358-012-3
1. Auflage 2018

www.altraverse.de